La pradera es mi hogar

Brewster Higley
Ilustrado por Steve Brown

Oh, dame un hogar donde el búfalo va

donde juegan antílope y ciervo

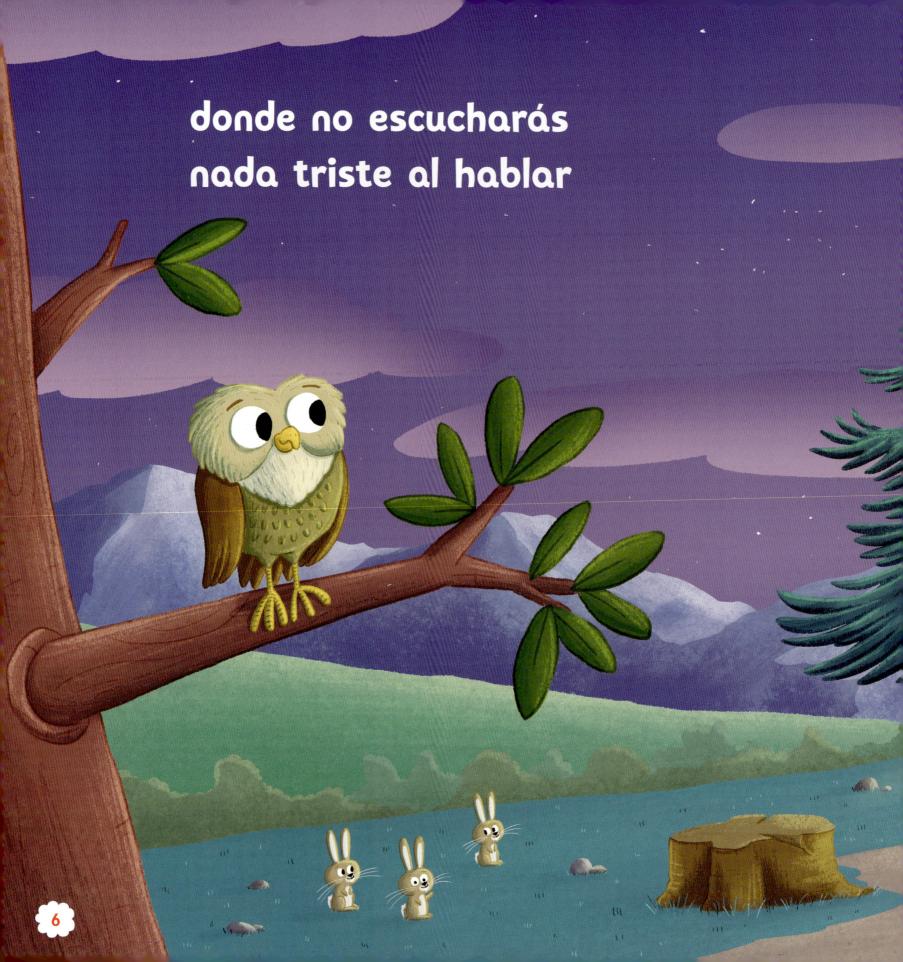
donde no escucharás
nada triste al hablar

y no hay nubes, tan solo el cielo.

La pradera es mi hogar
donde juegan antílope y ciervo,
donde no escucharás
nada triste al hablar
y no hay nubes, tan solo el cielo.

Donde el aire es tan puro, los céfiros libres

y la brisa es tan dulce y suave

que no cambiaría
mi hermosa pradera

por todas las grandes ciudades.

La pradera es mi hogar
donde juegan antílope y ciervo,
donde no escucharás
nada triste al hablar
y no hay nubes, tan solo el cielo.

Notas para los adultos

La letra de esta canción puede resultar familiar para muchos niños o puede ser completamente nueva. De cualquier manera, esta canción se ha compartido entre los niños durante generaciones. Aprender esta canción tradicional ayudará a los niños a desarrollar sus habilidades, ya sea que lean por su cuenta o que alguien más les lea. ¡También se sumarán al legado de leer y contar cuentos a los niños a través de la historia!